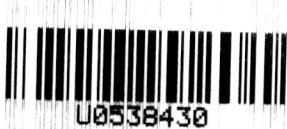

冠狀的春

炎石——著

Selected Poems of Yan Shi

陸詩叢
第貳輯

楊小濱　茱萸　主編

炎石詩選

2011——2022

序　沒有魔術可以掏出

黃梵（詩人、小說家）

我記憶中十多年前的炎石，可以說，已經成長為現在的炎石，找到了詩和言說的祕密。那條從教室到地鐵站的道路，他稱為「詩之路」，被他一次次鋪滿提問，這些提問也促我思考、回答，或埋下研究之心。記得有一陣子，他只讀古詩，理由是，相對新人，他更傾心古人。他的疑惑並非孤立，歌德曾抱怨「當代」作家缺乏高尚的人格。黃燦然說，阿諾德也如是埋怨當代作家。炎石不過想避開當代作家的弊端——重智慧輕人格——獲得正本清源的洗滌。我為他的這一做法，心急如焚。古代已不可複現，想置身潔淨的環境，終是幻想。唯完善的人格能從不潔中長成，方能證明它的力量。至於智慧，哦，當代智慧摻合了太多聰明，我倒體會到炎石的老實和執拗，這份難得，容我稍後來解。

輯三的「詠懷」篇，可視為他對古人一以貫之的景仰，只是，這份景仰也出自他的現代生活經驗。「我要去喝酒啦！一個人又何妨／明月裡多少老朋友，秋風中多少舊相識」、「讓我們學過的詩詞／以及寫過的詩句／在對影的別景裡觸碰出露痕」、「他看見壯年正向他揮手告別。他的傷心／或許只有方向盤看得見」。他喝的何嘗不是古人的酒，哪怕是當代的酒，也被他喝出了古風。難怪寂寞時，他會與古人比賽憂愁。他年輕時的困頓也在愁字，先是從古書讀出愁，後是從生活歷練出愁。愁是古人疏離紅塵的大道，被年輕的炎石習之，終成為他新詩的底色。現在生活的愁既讓他看到，人作為的不易，也讓他看到，其作為的珍貴和愧疚，「一生艱苦，原只為磨一粒珍珠」、「西西弗斯的巨石，已越推越小」、「等一生劇終了，才獻出那珍珠」（〈杜詩別裁·登高別裁〉）。命運是因為力所不逮嗎？還是無法選擇的選擇？「兩個天賦，執著把一個人分開。／／沒有成為一名化學家我也愧疚」（〈杜詩別裁·葛洪別裁〉），他將之歸為天賦，實則是兩個自我的博弈。終有落敗的一方，讓愁是註定的。與愁一起承自古代的「古老」，還成為他一些詩歌必不可少的形式。比如，他近年提倡的屏體詩。「當摩登的上海也恍若荒原，／伸出去的長竿比流水更遠」（〈四月〉），「酒有限卻依然高於海平面，／肚有容快去撐一艘萬里船。」（〈雲中飲〉），「從此遠行在隨身攜帶的海，／卻頻頻駛入格子間而擱淺。」（〈憶遊廈門〉）。

他為屏體詩選擇每行十一字，等於承認古詩奇數言的優勢，同時又體恤白話的鬆散。十一字令他既受限，又擁有受限中的自由，將才能置於最易登峰的悖論境地。他加給現代詩的整飭，與內容的不羈，堪稱鮮明對照。當他說「將海灌入胸懷」、「在隨身攜帶的海」時，讓我想到了詩讓浪漫派獲得的誇張「特權」。比如，雪萊在《西風頌》中說，「它忙把海水劈成兩半，為你開道」（王佐良譯），李白在〈秋浦歌〉中說，「白髮三千丈，緣愁似個長」。我們對雪萊和李白浪漫誇張的信賴，源自格律詩形式的護駕。由此可以看清，炎石屏體詩的處境。他提供的整飭句式，可以讓他有一定的浪漫誇張「特權」，「海終有一天會被我填滿嗎？」（〈憶遊東海〉），但整飭帶來的音樂形式，終不如平仄等起伏，讓人容易銘記。所以，他在屏體詩中仍需把類似浪漫派的誇張，轉變成也適合散文的現代詩誇張，比如，「等待著南瓜車把青春送還」（〈遊園〉），「從瓶中解封一個又一個海」、「酒有限卻依然高於海平面」（〈雲中飲〉），「雨後荷花仍赴碧水裡裁衣」（〈憶遊湖州〉）等。屏體詩可以視為古代在現代的延續，整飭令詩人可以獲得浪漫「特權」，而未經規劃的起伏、節奏等，又將詩人推向現代，去尋求更耐散文化的詩意。我以為，炎石諳悉形式化的風險，在現代詩的草創期，任何徹底形式化的努力，都會遭遇類似新月派的滑鐵盧。屏體詩既仰慕古代格律，又拒絕徹底格律化，可謂現階段的智慧之選。炎石以屏體詩來進行新詩創作，誰能說未來不會結出碩果呢？

記得多年前胡弦曾托我，勸炎石留在《揚子江詩刊》，但他的選擇，讓我們都吃驚不小。他只在《揚子江詩刊》和江蘇文藝出版社作短暫停留，就選擇幹空調專業老本行，做一名業餘寫詩的工程師。我問過他緣由，他的回答頗為老實，認定詩人應該先有生活後有詩。言外之意，他還需要投身更具挑戰的生存湍流。他的老實還體現在，對古代人格、道德的實踐，於一個現代詩人，極其難能可貴。他對妻子的愛超越了家常裡短，似乎在大學相戀的開頭，情感裡就藏著倫理的理想，並賦予它知行合一的信念。但大學讀古書的執拗，令他更傾心易於落敗的傳統。整本詩集的感受方式，包括傾心短制、杜甫情結等，皆彌散著現代生活中的古代氣息。古代人格的思想烙印，因他老實巴交的踐行，規定了他的寫作命運，故他常稱自己是一位詩的原教旨主義者。他被內心的「人格」之風，刮至邊緣，意外擺脫了一切附和之需，獲得生活和詩的巨大專注力，這何嘗不是邊緣的報償？

記得十幾年前，他曾帶著七客、吳臨安、獨孤長沙等「進退」成員，到我辦公室交流。之後，我為他們的《進退集》寫過短序，有一段話同樣適合炎石，「進退所有成員都受到中國古詩、典籍和西方現代詩的雙重誘惑，他們都堅決拋棄晦澀的詩風，令古代明晰的意象、交遊和超驗言說脫羈而出，同時也避免了用白話回到古詩的危險；他們不理會現代主義中過分私密的密碼體系，從而為中國詩創造出更生動靈巧的話語模式，為世界範圍的後現代詩風注入新的中國要素。」很難想像，炎石們用俠士的錚錚鐵骨，重新定義了現代頹廢。他曾在教室燒詩，在鐘山裸奔，他達成了常人難以理解的內心平衡，現代和古代的平衡。這是現代的疑惑，既在順從現代經驗，又在尋求古代根源。「這水是從黃浦江裡來的吧／那茶杯來自杜尚，那黑鐵壺／／來自日本？」（〈詠懷・其十三〉），黃浦江和黑鐵壺都在提示歷史，提示仍在消磨著我們的古代、近代，而杜尚，是很多人心裡的現代夢，當這些都合為一體，那種期待會發生什麼的心理，卻被炎石的詩抑制。他說，「我的杯透明／沒有一點兒魔術可以掏出」（〈詠懷・其十三〉）。這就是炎石老實的地方，他不認為我們能改變什麼，哪怕掏出騙人的魔術，他也不幹。這何嘗不是他的詩學？「你可曾想過新詩也是古詩？／此刻我閱讀彷彿你已死去。」（〈論詩・其一〉）毀壞德性的現代生活，當代全球的民族主義生態，不正如維科所預言的那樣，在積蓄回到古代的力量麼？他作為詩人的直覺表達，難說沒有回答「為什麼」！「為什麼蝴蝶飛過沒有聲音？／它就這樣飛來飛去了二十三年，／沒有說一個『喂』字」（〈蝴蝶〉）。

序成之際，得知他喜得貴子，可謂好事成雙。兒子和詩集，皆為他的愛所育成，可視為他生活的雙子星。

2024年5月9日

於南京江寧

目次

輯一　蝴蝶

輯二｜述夢

輯三｜詠懷

輯四 變奏

輯五 別裁

輯六｜屏體

輯七｜即怨

附

輯一

蝴蝶

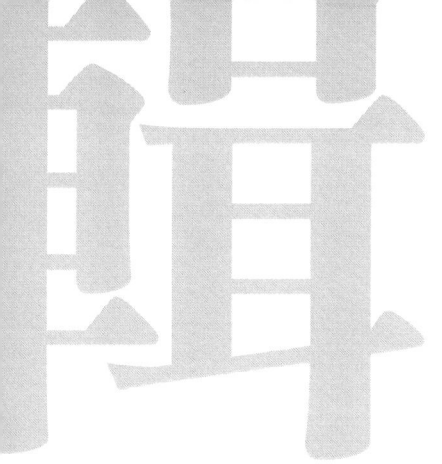

有趣的是

夜裡做愛，
大開窗戶，
月光灑進來。心裡想的，卻是曹丕。

2013 南京

西瓜上市

微風鼓蕩楊樹葉，
緩緩駛過運煤車。
西瓜上市，路邊：又多幾個戴草帽的老漢。

2013 南京

蝶戀花

最初的花，
蝶戀花。
無論冬夏，都在我的床幔上，飛……

2013 南京

鏡子

真是舊物啊！
鏡子後面，雙鳳呈祥。
鏡子前面，一臉淡淡的灰。

2013 南京

縫紉機

且看八歲的我如何踩縫紉機……
風火輪呼呼地轉啊！
一進一出的針，快樂得沒有什麼可以縫補。

2013 南京

好日子

好日子方便麵，
我愛吃它，更愛聽它。
現在是康師傅。它捏碎的聲音，不、好、聽……

2013 南京

乒乓球

足球沒有，籃球沒有，乒乓球總是有的。
練習乒乓球，
就是在練習交朋友。

2013 南京

屋簷上的冰

那閃閃的不是紅星，
是屋簷上的冰，
細細的，長長的。我們伸手摘下來，吃。

2013 南京

早餐

一個饅頭，
有時褐，有時白，
在低垂的屋簷下，流動一包紅色的調料。

2013 南京

洋瓷碗

白色的，藍色的，黃色的洋瓷碗，
在水中旋轉的洋瓷碗，
被踩得咯咯響掉漆的洋瓷碗。

2013 南京

一棵桑樹

同學們都在養蠶，
可我要養一棵桑樹。
我從郊外找到它，我要把它帶到城裡去。

2013 南京

蝴蝶

為什麼蝴蝶飛過沒有聲音？
它就這樣飛來又飛去了二十三年，
沒有說一個「喂」字。

2013 南京

人籟

天籟。地籟。人籟。
但最好聽的還是女人的叫聲。且聽……
隔岸她喚你的名字。

2013 南京

往事

在三迎橋那裡。我們吸煙，
看樹枝像理髮店裡剪碎的一地黑髮，
往事正是淤泥裡的藕。

2013 南京

水裡做什麼

地裡種莊稼，
山上砍柴火，
水裡做什麼？洗衣服和鋤頭。

2013 南京

布簾

春日，還是夏日？
涼風吹動草色的布簾，
彷彿吹動輕陰的草原。

2013 南京

表白

當我向你表白，
向著你身前山壑似的幽暗。
當我說喜歡而非愛，銀漢無聲也流逝。

2013 南京

午後

轟隆的午後是怎樣悄悄地溜走？
我像一個喝醉的獄卒，
放跑了所有囚徒。

2013 南京

秋夜

一些夜晚，彷彿一些踩薄的冰。
秋千搖晃，
床鋪吱吱響。

2013 南京

輯二

述夢

無題·其一

「好寂寞啊」
這燕雀苦吟出最後一句鳥語

便扔下一朵野菊狀的白色鳥糞，翩翩地
飛往更高處去了

2011 南京

無題・其二

魚戲蓮葉東
魚戲蓮葉西
魚戲蓮葉南
魚戲蓮葉北

曾經，有一個人坐在這裡
看牠們遊戲

2011 南京

憶山蟹並寄江西吳臨安

故鄉無名山石下螃蟹
多是不知今夕的飲者，不串門，不在清潭裡散步
負一身寂靜的山灰，子時聽蟬鳴
凌晨六點，隨樵夫丁丁的伐木聲微動大鉗
山水凝然，不知所往

我啊！那時曾一一翻過深山溝裡的石頭
有的石頭已爛掉
有的石頭覆滿青苔，與植物渾為一體
受驚的魚兒四散游去
唯石底的螃蟹，彷彿看透了生死，一動不動

2011 南京

某日與唐和才遊興慶宮公園

若懼柳為蛇。呵！多可怕的重遊
你我坐在湖邊，像兩隻熟透的桃子

又六月。多少六月舊相識般擦肩過
還記得春模樣吧！你說來看我

幾隻白鳥顯現又隱匿。遊人們
也為你我沉默，湖上的細浪可真多

朋友！趁草徑未現蛇蛻，多走走吧
繞湖一圍，讓熱風也嘗嘗青春蹉跎

2011.6 西安

再遊興慶宮公園

同西風一般散漫。撫柳，吹瀾
已甘心做一名遊人。或悶坐，望遠

又或者苦吟。穿過落葉小徑，看
練功人繞一棵松樹，消耗一個下午

正是松針治療著一些人身上的幽疾
只是暗香再激不起往昔的愛欲

一日將傾，灰鴨還在湖中飲食
我的影子同明月，一直沒有出現

2012.3 西安

述夢

彷彿山居圖中，曲水是腰帶，古柏是大傘
我們蓄長髮，穿著寬鬆的衣裳

只因年代久遠的緣故，紅潤的臉發黃、變黯
皴裂成奧祕的文字。至今，也無人能識

背著手，踏上一個小丘。我們遠望
談及小舟從此逝，說大鵬不過一隻蝙蝠

一思量，我們便坐在荒涼的大星上
說家中的雞鴨無人照料，土地要荒蕪

說自釀的美酒無人再飲，我們醒來
一日將昏。恍惚中，牛羊下山，進入身體

2012.3 南京

感懷

玩牌者的歡樂，是我曾不懂的，
他們的內心，都育有一頭鑲滿金幣的豹子。

靠雨聲與自瀆，度過漫漫長夜，
靠苦吟，三年得兩句，劣果消耗我的青春。

我的知音，是一團團白色煙霧，
是紅燈下體內翻騰的酒精，是綠色的石頭。

我從未拿過一副好牌。口袋裡
幾枚發汗的硬幣，也是一扇扇銀色的窗戶。

2012.3 南京

感遇

人生如寄。小窗外
清風細雨，我在聽一首

佛教音樂。池塘裡的
黑色蝌蚪，則是另一支

想起要做一個科學家
此身卻已是虛無的信徒

只曉得，吃睡與貪玩
閒愁與傷心，步古人的後塵

2012.4 南京

故人入我夢中

故人入我夢中，帶來北方消息
我仍心懷羞怯，只看柳樹的側臉

她說過去已變成鉛字，並送我
一疊親手做的、柔軟的粉紙

彷彿昨夜撫摸過的肌膚。又說
春風已規矩，常在水上練習小楷

只抱怨，每每臨別，總是下雨
為此，古人早早預備下一雙燕子

2012.4 南京

在流徽榭

灰鴨又開始它們的愛情了。
衰草未綠。若綠，便綠往遠方。

這江南風物，終於傷害我成為一個詩人。
憑欄，才看了一會兒湖中的碎影……

便憶起，在漢代，有人涉江
去采芙蓉，又或是更為遙遠的，

有人乘著一束蘆葦，就可以抵達宋國。
在流徽榭，這樣的蘆葦很多。

2012.4 南京 贈舒思

一天

香樟樹下，濃蔭連鎖
二十二歲，風從南京來

火車途中，忽起遙夜
始讀小山詞，便被一句

「飛雨落花中」打濕
小巷深處，鳥鳴出古意

守著窗戶，看花影
浮動黃昏，看明月遲遲

2012.4 和思思在進賢舊宅

又一天

在南昌站。臨行，又下起一場雨
濕意，又新潮的雨。清明時節

總是需要一些雨的。在永和大王
你們喝豆漿，我吃一碗雪菜肉絲麵

輕鬆消化一個下午。雨還沒有停
我們撐著傘，又走進香樟樹下

散步。是啊！我們悠閒地散步
與迎面的匆忙的春色，多麼不同

2012.4 南昌

江南暮春

我為暮春作詩。春去也
我傷心，要前往南山

露水打濕殘隕的袖子
我寒冷，並更加確認詩人的身份

此後，對著鏡子吟誦
將成常態，且所有的句子

都將抄襲落花與流水
寂寞時，我會同古人比賽憂愁

2012.4 南京

暮春遣懷

清風徐來，晚櫻如雪
喜愛低飛的燕子，巢進去年

肥胖偷換了輕盈
做個春夢，生活便被生活打敗了

不堪一擊的，正是美
正是西施在生病，令我煩惱

正是綠色代表著多數，令我煩惱
搖搖欲墜的，不是其他

2012.4 南京

那飛的是浮萍

乘 110 路到石林百貨公司，再乘25路到玄武湖公園
然後是步行，環洲、櫻洲、梁洲，樟樹、杏樹、桃樹
那飛的是楊樹，還是柳樹？那飛的是浮萍。
騎著腳踏船，我們在湖心裡晃蕩了半個小時……

2013.4 南京

紅蘋果

那是一段上坡路，你從自行車的後座上跳下來
連兵器博物館也被你的笑聲炸醒了
你喊我壞人，我就是壞人；你喊我大混蛋，我就是大混蛋
你追上來抱住我，彷彿跳起來抓住一顆紅蘋果

2013.4 南京

傍晚

沒有割草機轟隆的傍晚
沒有割草機轟隆的傍晚
沒有割草機轟隆的傍晚
他接連念了三遍，又去尋覓別的聲音。

2013.7 南京

春去了

春去了。不再見燕子銜泥飛上屋簷
春去了。窗台上柳梢乾枯
春去了。生字本的綠框裡還不曾填寫一字
春去了。小小的山洪像極了滾滾紅塵
春去了。我還沒有一本啟蒙讀物來打發永晝

2013 南京

第八套廣播體操

春風裡，我們做起第八套廣播體操
楊絮填滿我們站就的方格子
那時候我還沒有壓斷板凳的春愁
但已不知不覺學會了恍惚
當我們列隊歸去，歌聲比往日渙散
當老師說上課，有幾人忘記了起立

2013 南京

溪水邊

吃完飯，她們都來河邊洗碗
黃洋瓷碗，白洋瓷碗，藍洋瓷碗
蓮花一樣在水中旋轉
她們垂下長髮，如柳枝飲水

流水劈開圓石做的小橋
一水忽然分成八支又匯合於忽然的下游
當你喊她們的名字，用方言
並不那麼優雅，但真是好聽

2013 南京

散步

晚自習，我們去學校後面的
小路上散步。手牽手
握住一晚的微風。
河水像鈴鐺一樣發出好聽的聲響，
你像月亮一樣很少說出一句。

2013 南京

幽會

圓月照亮初秋寂靜的小路
一路的白楊閃著淡淡的銀光
當我們來到操場邊那棵高樹下
喜鵲在窠巢裡休息

石板搭就的豬圈空空蕩蕩
微風溫柔地撫摸你我的頭髮
我們沒有去操場走一步
它那麼大，那麼亮堂……

2013 南京

春登

一樹桃花橫亙在小小的山路上
折下一枝來送給你
燦爛的春日，陽光暖和得
像一件紅色的大棉襖
年少的我沒有遠大的懷抱，只將你摟住
看薄薄的一層城市在和風裡發酵

2013 南京

輯三

詠懷

詠懷・其一

就在昨夜，父親將存了四十年的勇氣傳給我
他躺在床上，剛打完點滴

像吸收一陣秋雨，身體裡的衰草有一些復甦的景象
靜脈上的針孔還沒有消失

他看見壯年正向他揮手告別。他的傷心
或許只有方向盤看得見

在鄉村小道，在高速公路，甚至在某截乾涸的河道邊
淚水澆透每一個日子

他在一陣稀薄的溫暖中睡去
在塔元村寒冷的秋夜，在南京淅淅瀝瀝的中國

2012 南京

詠懷・其二

時在杭州，與袁行安夜遊西湖，歸南京後作此詩。

鐘山暗了，西湖也暗了吧。前天早上
我和小袁在夕影亭小睡，像秋風吹落兩枚葉子

醒來，新建的雷峰塔亮起了燈
浪一疊一疊跑過來，年輕的胸懷像一張白帆

我們緊緊摟住身體，興奮地看一隻灰鳥在逆風中
飛

這樣的遭遇真讓人難忘啊！更難忘的卻是
蘇小小墓前，我們睡過一會兒

來往的車聲都是不懂這個女人的吧
她喝過一口西湖淡啤，並沒有托夢來感激

2012 南京

詠懷・其三

我要去喝酒啦！一個人又何妨
明月裡多少老朋友，秋風中多少舊相識

舴艋船何其小，如何載得我海量
鐵床鋪何其寬，從東邊

滾到西邊要一年。我夢見美女、小偷和詩人
美女和我做愛，小偷偷走我的錢

詩人跟我一起哭，哭我不是南京人
不是陝西人，哭我是無名山中來的月球人

2012 南京

詠懷・其四

時在廈門，與進退詩友同遊，至今仍念，以下三首，同記此事。

一束火紅的玫瑰貼著海面生長過來
我的胸懷同浪濤一樣，時大時小

我的臉也是玫瑰的顏色。我知道礁石的心
還是乾燥的，在通往火車站的BRT上

擁擠是另一個不完美的情人……
波憾的月色如酒。在小公園，我們吸煙

在肯德基，我們聊一點政治；那些食客
同蚊子一樣煩心。這並不是一次

愉快的談話，我望著並不存在的窗外
把完整的綠色橘子一船船地撕開。椰樹

在風中沉醉，同任何一個離去的人一樣
你的康師傅和牛奶，都是送別的最好禮物

2012.10 廈門

詠懷・其五

且不說公交之擁擠，但說小巷之不寬敞
沿途樓宇舊如山陽縣，可那銀樺是他那沒有的

另有許多樹木，奈何心中只裝得下一個
南京。遊人如織，想起張岱文章，比丘比丘尼

也是常人顏色，山不高而石大。佛門中
又無春秋，有花自開，有葉自綠，還有的隨風

落下。法堂莊嚴，而石刻如在人之肌骨
幾個曲折，幾個上下，眼見得落日如橘，汗滴

洗盡疲憊。海風吹來海的腥味，未取經
之前，猴子是猴子，豬是豬，及登上這南普陀

草木都是個聖人。那金光普照，那碧海
斑斕，如兩塊袈裟，塵緣未了，始終無法披上

待至天都暗了，潮水漲了，松風都寒了
眾石都滾進海裡去沐浴，你我卻茫茫擠入人群

2012.10 廈門

詠懷・其六

出火車站的時候才五點，明月正下高樓
第一班公交還沒有來，三角梅在晨風裡搖曳

那個是椰子樹，那個是……，那那個又是什麼
來來回回，我走了兩圈，買不到一份早點

長褲換成了短袖。城市都是鉛灌的，我想起
卡瓦菲斯的一首詩，想起正在詩裡相遇的杜甫

與李龜年，想起山陽正在落葉。我翻出
一塊南京的月餅。那時，一些還圓滿，三迎橋上

松柏的濃蔭裡。我們喝酒、指月，大嗓門
呼喊塵世的姑娘。小眼睛哭，哭我們是四尾

中獎的瘦鯉，哭這個秋天太早，哭這個廈門又太遲
車過集美大橋，紅太陽如一位紳士吃早餐

閃閃的桌布鋪開我們藍色的胸懷，漁船浮泛
也只是從異鄉人身上飄落的幾枚柳葉而已

2012.10 南京

詠懷・其七

運動場上的草還是綠的
銀杏就已經開始黃了

秋雨是又冷、又瘦。彷彿從唐代
從杜甫的詩裡飄來一樣

我的小窗戶又開始歌唱了
你聽，還是鄉音不改

跟我講飲酒的壞處多於好處
卻不知今宵床鋪的寬闊，卻不知

從襄陽到洛陽，從孝陵衛到塔元村
一切都像落葉那樣短暫

2012 南京

詠懷・其八

飛機轟隆著遠去，去上海，去北京，去紐約和巴黎
不像遊子只有一個故鄉

心懷故鄉的人命定要消逝
就像飛鳥消逝在天空，蝴蝶消逝進花叢

那兒的山是大的，那兒的水是白的
落葉是七個顏色，且會舞蹈的

酒喝了一杯又一杯，夢圓了就不會再虧
遠去了，遠去了，去上海，去北京，去紐約和巴黎

2012 南京

詠懷・其九

我們應該躺在誼園的青草上
或者在月圓時分

躺進白骨築就的三迎橋
我們的身體因此也有了弧度

可以將胸口的大石
彈射進更為遙遠的星球

湖水是盛著冰糖的大盤子
我們在橋的那邊

喊一個要去投胎的鬼影
他多麼像透過松柏的一束月光

2012 南京

詠懷・其十

月光像銀蛇盤在一處，
彷彿從千里之外寄來的月餅。

我最喜愛的，
莫過於今晨的一陣清風。

我的皮膚散發出橘子金黃的香氣。
我感覺到我的成熟，

成熟是一種輕飄飄的感覺，
彷彿重力消失在風中，魚向淺水游去。

2012 南京

詠懷・其十一

每天我刷新同一個網頁
像她打掃同一間屋子

我打電話到秋雨裡去
四間老屋，只有一盞燈亮著

黃色衣櫃上的鏡子
依舊照在那個紅色的夜晚

一切都好像是昨天
她年輕、漂亮，在最美的

年紀生下了我。現在，
她枯黃，和她打掃的灰塵一樣

沒有娘家
悄悄把一生勻進三餐

2012 南京

詠懷・其十二

在秋天落下的都是空空的酒杯
讓我們去雨中，將它們踩個稀巴爛吧

薄薄的雲霧吃掉山，吃掉樹
吃掉幾個露水的友情

我也要被吃掉，到另一個地方
那裡人還可以變成蝴蝶，飛來又飛去

蟋蟀是擱在袖子裡的收音機
他們的嘴都小於零，吐出積極的負數

2012 南京

詠懷・其十三

時初至上海，萬象皆新，與厄土會與某室外咖啡館，歸南京後作此詩。

風蝕雨蛀，這也是我的前程？
那落葉親切，叫不上名來

那鳥雪白，像咖啡裡的碎雲
而我的嘴巴是一座冰室

這水是從黃浦江裡來的吧
那茶杯來自杜尚，那黑鐵壺

來自日本？我的杯透明
沒有一點兒魔術可以掏出

2012 南京 贈厄土

詠懷・其十四

煙頭被秋雨打濕了
像忍住很久的哭泣

計程車燈鋪灑在油路上
我說，你看，多麼美

多像一隻隻小小的酒杯
破碎，是多麼迅速

就像生了厭世病……
匆匆到超市的簷下

不少人都在那裡等雨
好像這雨一會兒就停

2012.10 南京

詠懷・其十五

一詩人去世，雖素不相識，亦作詩以悼。

昨夜有詩人歸去。睡夢裡，天高地迥
落木蕭蕭，一樣的昨日盡都是秋日

醒來卻往實驗樓裡，看看慘白的牆壁
如何憔悴，看看精密的儀器如何失靈

看看吧看看。衰草猶綠，而香樟紅落
今日定有什麼向我而來，空往又空返

素昧平生的詩人啊！也要碰一碰此杯
此杯中有蛤蟆觀星吃月，此杯中

有淺淺的不盡深情，都讓秋風吹去吧
所有的窗戶，當為你而響……

2012 南京

詠懷・其十六

時與友人在南理工時間廣場飲酒，歸校舍後作此詩。

中年的舞蹈已經開始
我們坐在時間的腳上

喝著略帶苦味的啤酒
想念已是塵埃的瘋子

路過的小女孩兒天真
彷彿望著停止的錶針

多少針被我們磨成杵
虛耗的青春夢與憂愁

遊人漸散而明月何在
繁星雖多歎水的前程

2012 南京

詠懷・其十七

我還沒有像掌握摩托車掌握一門語言
冬日，我騎著摩托車去看望朋友

摩托車在上坡的時候熄了火
我用胸頂著車把手，一步一步艱難地往上推

荒涼的山道上，沒有一個哈氣的人
路旁奚落的殘雪蒙著一層層薄土

麻雀從這裡竄到那裡，流水也匆匆……
我將車子掉轉頭，又回到平坦的地方

再一次點火，馬達聲空山迴響
一次次，我踩到1，就會感到萬分疲憊

2013 南京

詠懷・其十八

當時反山來西安，談到新冠初期，北京便利店多關閉，北漂青年購水困難，常常騎著共享單車，夜裡去買一瓶農夫山泉水。

如舊時王謝堂前
幾隻燕子

平常見。美法精釀的啤酒
滑入古城的喉嚨

杯中泡影裡的
山和嶽，滴滴如閃電

如此生活三十年
爬一座山已比爬一座六層小樓簡單

直到街角的便利店消失
騎共享單車去北京找一瓶水

2020 西安

詠懷・其十九

時差旅至南京，與二三故人聚，醉後滴滴途中草此詩，酒店後改定，贈吳鹽。

我相信是十年前的風
迢遞此夜生涼意
讓我們學過的詩詞
以及寫過的詩句
在對影的別景裡觸碰出露痕

沿街梧桐還是那麼高聳
我們從沉醉浮向淺醉
人生的潮啊，或者溪流
在馬路盡頭隨注目都要拐彎
那麼臨別止於一諾

有一萬首詩要為此情注腳
信息化也是我們的山嶽
明日也是昨日
夜如足夠長，遺憾便足夠短
恍如我們剛拿起菜譜，剛端起酒杯

2020 西安

輯四

變奏

夠一夢

今早夢到此身回到西安
路上偶遇授課歸來的伊沙
比照片上瘦一些，比網路上隨和、謙遜
我說，我是微博上的那個炎石兄
他問我這是要去哪裡
我說這是要回到故里

他便邀我吃飯，在一家破爛的酒館
又來了幾個詩人
其中有一個叫小雅。我問
是湖州那個小雅麼
那小雅說不是。說完便笑了一笑
我起身一一去敬酒，夢中酒量格外好

怎麼喝也喝不醉
我乾倒了伊沙和他的朋友們
乾倒了星星和月亮
坐在壓水機旁傷心、痛哭
我曾以為的敵人與厭煩人其實都是親人
朋友像金錢一樣散盡

2013 南京

送張晚禾去北京

夜色美如八寶樓台。沒有人
敢於擊碎，沒有人可以擊碎
我為悲傷準備了一生
隨時可以奉獻一部悲劇

你身軀瘦弱如一團荊棘
在熊熊的火裡，沒有一隻蝙蝠
可以縮小孤獨的界限
我所說出的必須是簡單

就像我愛、我厭世的情懷
就像我有一死而非必有一死
沒有多餘的一片落葉
可以浪費。再見，我的朋友

你像荊軻一樣與我別離在中山東路
你什麼時候再來北京？
我想我再也不會去了。
為什麼。我感到異常的恐懼。

我知道 37 路總有一天會無故爆炸。

我曾愛慕的低飛的燕子
也會生出皺紋，再也沒有力氣
將迎面的風刃展開為一個擁抱

2013 南京

夜奔記

那一年冬天，嚴重的時刻終於降臨。
我抄起羽絨服，跳出了窗外，眼淚像
頭頂的大雪，我從中溝快速步行
到黃店時，已有一個夏天的身子
在寬闊的兩岔口，我彈掉一身的雪片
為了躲避追來的父親，我離開
泥濘的鄉村公路，下了河，雪亮的
沙子在腳底作響。我看到周遭的景色
並不是我想的那麼陌生。河流像未來
一樣蜿蜒著，在水流細小的地方
跳躍帶來喜悅，我終於不再那麼難受
我開始了漫遊。我走上雪白的山路
鬆軟的槐樹葉，低矮的茶葉帶……
又是親切的遭遇！我走進積雪的麥地
走到圓石堆建的堤壩上，鬆動的圓石
一再摧毀著我的平衡。當我走到
姚灣前不遠的一段小路上，一條狗
擋住我的去路。它狂叫，彷彿發現
一個盜賊；它狂叫，又當是一個知音
擊潰了我重新建立起來的鐵石之心

2013 南京

從理工大漫步至午門

乘 110 路公交車，來到工程兵學院
既然微雨，索性就再往雨裡走走

麥當勞，烤鴨店，蘇果，紅房子
一個大豐腩的女人，在玻璃門後招手

我心裡喜悅，便在心裡和她搭訕
跨過紫金橋就到藍旗街，肚子空空

卻不吃麵條，只是邊走邊想它
白又長好又多，建設銀行，明故宮

真幽僻，有人吹大管，有人拉二胡
有人練嗓子，我坐在一棵松樹下

擰開一瓶果粒橙，音符像雞皮疙瘩
在我身上此起彼伏，我看到

孤獨的午門洞開著，我走進去又走出來
我並未通過它，走向另一種新生活

2013 南京

一張不肯開口的雲

你做完一次運動。
在湖邊，踩下
幾個星期天猜想。你欣賞

凋零的柳樹，
那漢語的瘦姐姐，
一次一次被暴力扯下頭髮。

為一張不肯開口的雲，
你找來盆和筷子。
這簡單的刑具，歲月使人熟練。

你撒入鹽，撒入
平凡生活裡的幾噸落葉。
你攪拌，不停地攪拌……

電餅鐺在結冰的湖面上發熱。
一層薄薄的大豆油，
也有著海的波瀾壯闊。

一個人烙餅，
就是一場即興的翻雲覆雨。
你為牆壁表演神奇。

你聽到的一點兒掌聲，
是窗外的一點兒風，
它也要咬一口你饑餓的憂愁。

你在碟子上攤開它，
為某個暗中的嘴，
抹上一層鮮豔的辣椒油。

你吻她。
遞給她一杯唾液釀的酒，
又為她射出東方的一點兒白。

2013 南京

秋夜裡

秋夜裡，我念詩給你聽，念李白的〈長干行〉
念龐德 The River-Merchant's Wife: A Letter

窗外的蛐蛐和青蛙都忙於糾正我的發音
只有你靜靜地躺在懷裡

當我念到 The leaves fall early this autumn, in wind.
也沒有輕輕地從東方移到西方

2013 南京

交通史

河漢清且淺
我們挽起褲子
就走到了河的另一邊
當我們喝著牛郎擠出的牛奶
織女早已經織好了
我們新婚的衣裳

我們乘坐的車都是彩雲
沒有一張罰單
會開給月亮這個駕駛員的
當我們從獅子座飛到雙人床上做愛
也沒有一顆星星
會為我們亮起紅燈

2013 南京

霧霾詩

冬至馬上就要過去，
冬天還遠遠沒有。
芳婆又開了一家新店，
在霧中溫柔的人民
排隊買早餐。
她提的豆漿和麻團，
他咬著油條，
還未來得及擦嘴，
就去趕 37 路公交車。

公交車擠滿凝固的人，
隨著離合而搖擺。
一個消消樂裡的女青年，
她就要消失在下一站。
一個微信的中年男子，
給每一個位址
發一條同樣的消息，
都沒有回音。

人不斷地湧進來，
像秋後裝入蛇皮袋的稻子。

不斷地抖動，紮緊，
直到你的皮，
脫了我的皮，
直到那個最優的結。

解凍的人民魚貫而出。
霧還是那麼濃，
連梧桐的飄落，
都像是用力在推開一扇窗。
報紙上依舊堆滿了
討論天氣的人。
每一顆微粒都在忙碌。

2014 南京

友誼河

風從脖子灌進來，我曾以為的死水
正在眼前緩緩流動
那些漂浮的柳葉就像一次
祕密的散步。高壓塔影微漾
凝固的力冰糖般溶解
水正接住那些下沉的建築
光禿禿的樹，也重新在水中
穿上了新肌肉。一枚閃亮的扣子
看上去並沒有扣住什麼
夕陽也溫暖得慢下來
一個聽廣播的老人，現在只能
聽到風裡那些沙沙的雜音了

2014 南京

圓明園

柳枝將遠景遮擋。那微胖的女高音
轉世的黃鸝，血濃的梁棟

觸目傷心的綠……，殘隕的白石上坐一坐
沒有道路像格律一樣方便行走

幾十艘鴨型遊船停泊在渡口
沒有憂愁像語言一樣容易說出

你只是個遊客，行走在語言的迷宮
也沒有一扇窗可以讓你回到讀者的位置上

2014.8 北京

晚歸的路上

背著大包，扛著卷起的竹席。
涼風吹動梧桐的葉子，也吹起

那個前面粉色長裙的女生，
吹起灰塵，也吹落灰塵。

但就是不與我發生一點關係。
我，依然冒汗……

我背著圍城、尤利西斯、辛棄疾和瓦爾登湖，
我背著荒原和萬種閒愁。

我扛著卷起的竹席，
就像身懷絕技無法施展。

2014.8 南京

離別的霧

這一夜，明明白白的憂愁。
似啤酒河裡滾動的鵝卵，
磁語磨破了詞唇，雌鳥啄開了辭晨。

去散步吧。去猛地
走進那個白駒稍縱的散步裡吧。
和綠一起，從湖南綠到湖北，

從山東綠向山西，
還不夠的話，再從綠，到不綠……
直到離別的霧，再次矇住了離別的眼睛。

友人啊！
再猜一猜，
哪一棵是樟樹，哪一棵是柳樹？

2014 南京作，2021 西安改，贈江離、張小七、袁行安

魚的變奏

在一週的餐桌上，你點了一份小小的星期天
在新中國寒冷的肉褶裡。超市冷清
幾個婦女挑選今年最後的晚餐，幾條鯉魚緊緊咬著
今生最後一頓泡沫。

你拿著網，攪動它們，它們從一個
四面八方的夢裡趕過來，不是來開會。
它掙扎，猶如八歲的你要從父親的手裡掙脫一樣
它被扔進一個髒兮兮的

滿是鱗片與汙血的台子上，猶如十八歲
那扇空蕩蕩被反鎖的房間。在最後的幾次掙扎裡
電子稱上的數位一再評論著它的一生。
它被鈍物砸暈，黑剪刀破開魚肚白。

魚的身份被剝奪。聚集著最後一口
倔強之氣被扔進了垃圾桶
那係在魚腮裡的一隻隻小小的紅領巾
你看見它被蠻力扯下，你看見流血

但不以為是戰爭，
你付了錢買下這死亡。

2014 南京

一個短篇

他感受到時間在肥皂上的
彎曲與慢，像姑娘溫柔的手
在裸體的雕塑陳列室
等一個人時的來回的散步

天花板上凸面鏡一樣的
小水滴，一隻隻敏感的
銀蝙蝠，一株松木梯上
失足撲向你冰涼的皇后

曳著霧氣中發甜的小閃電
挑一個咬著睫毛的肥皂泡
當你無意將她推向肉的懸崖
她又表演消失給自己看

美麗的事物就是這樣任性
任性在花灑中滴下頭來
濕淋淋的，看不到下半身
就要在撫摸裡塑成另一個你

2016 南京

熱風

熱風吹拂，青草的甜腥，
似敲碎一盒青黴素瓶。
在那塊閃亮的草坪上，
有一顆散步的鑽石。

你聽見眾草的合唱，
割草機乃合唱團扁平的簧片。
它們嗡嗡的，像變聲期男孩理過的舌頭，
正嘟著嘴生成長的氣。

溫柔的熱風，多麼溫柔，
它們擦亮被鑽石切割過的事物，
將發甜的少女，推向那些謎人的角度，
將她的身體就要鋪滿整個草坪。

2014 南京

回憶的兩公里

這是濱海一個平凡的浮泛著
壞脾氣的化學方程式的早春
他聞出一個壞分子，卻不能
像個員警，從人群裡揪出它
他拼湊殘缺不全的鄉村生活
這工作的間隙裡想像的娛樂
足以讓他在香椿樹的濃蔭裡
背出一本語文書，幾隻雞鳴
為他伴奏，為他下兩顆生日
的早餐。在回憶的兩公里上
海風孤獨地發電，他回到位
於小鎮北面的一間合租屋裡
而海風，再也沒有回到海裡

2016 濱海，2022 西安改

現代雪景圖

雪日讀雷武鈴《黃昏出門看雪》有感，遂作此詩。

他陷進一幅現代雪景圖中
有人安排著他的姿態和情緒
不能自已的移動與四顧
不斷地通過試錯尋找最佳的構圖

遠處的山巒經過特殊的處理
它們曼妙得不切實際
體現著繁複又耐心的技藝
使得林立的高樓也有茅廬的簡雅

這都是匠心的營造
他是貫穿其中，又寥寥的幾筆
茫茫之中，你看見一個人影在涼亭
整理濕潤的頭髮，拍打滯雪的羽絨衣

看到人工湖裡的枯荷挺立
他又掏出了手機，摁下了快門
興之所至的時間已久
雪依然不想停止

它顯得比作者更有興致
眼中的白越描越多，就要蓋過所有
山中的喬木難以承受
紛紛發出啪啪的脆響

2017 西安

自然減速帶

濃密的枝葉滴著稀疏的水
胸中的怒火似要燒開
低垂的雲。他饕餮
每一個跟他有接觸的氧氣

這心情壞透了！這風景
像是盆能摔碎的爛盆景
你看他，走得極快，像行軍
揮動手臂彷彿搶灘的衝鋒艇

這興之所至的壞心情
總要被自然的減速帶慢慢逼停
恰似一個剛燒好的小人
放進假山上一座新修的涼亭

2016 南京

踏莎行

玄武湖瀲灩的光影依然起伏
在鴨形腳踏船擺動的層浪裡
「讓我們踩得再歡一點兒」
彷彿就能讓小船再蕩起雙槳

我們是從寫八行詩時相識的
現在，我們有能力寫得更長
更像一條藏於柳枝的細馬鞭
等繫馬的中年醉眼裡取下它

我們和微風一起上岸，我們
和秩序一起回到工作和房間
有些難過是嗎？快樂真是短
夕陽西下，水杉削尖了挺拔

讀此詩的一刻，再神聚一會
不必電話，不必微信，我們
深信：山嶽是音樂，踏莎行
你的羽絨服夢裡展了翅在飛

2017 西安 贈張俊

值班作

外推的玻璃斜飛出
一個時刻冷灰的銳角，
稱量暮色的塔吊，
半空畫一個扇形的圈。

我們之間的距離感，
產自一幅矩形的荒地。
在某個隨機的視角，
它又過於想像的遼闊。

立冬的涼風的輕割
這倒伏的局部的野外
枯黃，摻著些枯綠
多姿於噪浪挺起的生活

再望遠一些也不過
數十米的遠而已。
「鋼管腳手架
擋住了一個人的眼睛」

我這麼寫語氣很輕
往返了多次。低伏的雲色
還要繼續低伏下去
那些草只有死，才能抬頭

2017 西安

清平樂

烹飪是一種寄託，
慢慢也會疲倦。
因為黏膩的油煙，
還是因為吃的緣故。

吃魚是吃一種慢，
從前慢，現在也慢。
看魚兒浮出了菜單，
我知道做魚的快樂。

2020 西安

再遊玄武湖公園

一個人散步，一個人像墨，
一個人像墨一樣研磨著公園。
當小艇裁開暮湖的毛邊，
向開闊收斂的函數裡隱匿，
預備立體的視野
也旋即被隔岸的高樓抵制。
同樣是告別，在夕陽
更晚告別的地方，
每一張波臉都有不同的傾向。
於是乎背水，於是乎睹物。
悲傷很稀疏，而樟樹
如西蘭花般茂密。
一個被冷空氣撕扯，
一個被重力摁住，
一個人自顧自地走，
空空的天也甘受堤岸的圈禁，
收回了折射進波心的潛望鏡。

2020.12 西安

新年詩

人的肉眼有一點三億像素，
縮放看眼前的兩位舊友。
新年之心在舉杯中沉入杯底，
我們等待著煥然，像程序
集中在零點，發布新的版本，
一些信息加載到人類身上。
有時是一陣潤物之雨，
　　有時是一場酩酊的雪，
　　　　有時，只是一個癢癢，
還有些奇妙活躍在感官之外。
像南門樂隊的歌唱，
　　像護城河下風履著薄冰，
　　　　像青銅水禽將將冷卻時的氣溫。
新年與去年是時間壁上的兩塊瓷磚。
　　碰壁的夜露正跨越
　　　　瓷磚間那道窄縫。
那窄縫先是靜直，然後波動著，
盤旋著，拖曳著長長的彗尾
投入進這場全息的律動裡。

2021.1 西安 贈陳加成、王佳霖

為一瓶七兩半而作

不是一斤勝似一斤，為七兩半
我們舉杯生活之烈，助燃體內的
將息之火。淡藍的火焰
驅動理想的蒸汽機
讓舌形的傳送帶，傳遞出憂鬱的梅礦
哦，為了相醉，我們又在
挖那深埋在內心深處黝黑的梅了

2021.7 西安　七兩半，西鳳酒一種

相遇

也是你導演了這場相遇？
相遇是重複一首古老的詩，
它一點也不顯得過時。
就像我們的友誼
依然在擁抱裡獲得彼此的體溫。

只是你，越發地消瘦了。
多想勻幾斤多餘的肉給你，
好讓你在風裡站得更穩些。
這些年你都活在我的朋友圈，
很少浮出生活的水面。

如今我已到了兒女忽成行的年紀
你卻依然北漂一人。
當我們談起上海和南京，
彷彿我們就是上海和南京，
記憶有多好，相對就有多夢寐。

不再閉環的新我和故我，
雨一樣紛紛地落下。
也是你導演了這場加戲的雨？

哦，眼淚也是雨的群演，
它又落進稍顯苦澀的酒杯。

直到雨將空空的胸懷也倒滿，
我想可以表演一張白帆給你看。
沒有什麼可以比白帆更白，
即使是你衣櫃裡的白襯衫。
我想要你走出這件黑 T 恤。

2021.8.7西安 贈馬暮暮

一位首都詩人的葬禮

這也是你主持的一個活動？
友人們坐在地上圍成一個圈。

圈裡，有人彈琴，有人唱歌。
圈外，有人看他們彈琴、唱歌。

首都的天氣好得不像是告別，
難道告別從來可以不是一個壞心情？

遺像裡你依舊笑得像台笑笑機，
死不過拿走了你哭的權利。

2021.8.26

蘭壽

當兒子說，這是蘭壽。
當母親的笑著說，難受。
兩隻魚兒自在地游，
把家也當作冷清的水族館。

2022.1.2 西安

輯五

別裁

遊戲別裁・孤獨的試煉

此詩別裁於「塞爾達公主・曠野之息」，遊戲中一關卡名為「孤獨的試煉」。

聒噪的蟬更顯得小區的靜謐。
孤獨又一次在電子秤上，
增加了它的重量。我則像個
宇航員，失重在小三室。
防盜門外有否拜訪的天外客？

我走遍家裡的每一個角落，
我摁亮每一盞燈，
我和每一個家庭角色對話，
已沒有更多迷你挑戰出現。
生活就像遊戲也到了窮盡時？

我打開電視機，像暗夜裡
生起一堆篝火消磨到凌晨。
無數個蝙蝠黑的夢，倒掛
在肺上。鼾聲大的雷響徹
每一個被夢魘蛀空的軀殼。

緻密的黑暗已不能用雙眼
睜開。紛亂的想像稀釋著
現實的濃稠。明早我想去

烏洛克海角看日出。
可是，你不能！

一個聲音，反對一個念想，
一個聲音鼓勵我做好自己，
還有一個聲音，
重複以上兩個聲音。
我已來到無法前進的地方？

冰鎮飲的料裡，也有試圖
逃逸的氣泡，珍貴的古代核心
是否也夢想著升級？這些年，
我長久地在信息流中攀瀑，
這可比爬一座小樓容易多了。

只是，精緻的鎧甲，勒得我
有些喘不過氣來。
這是你想要我再消瘦些？
如此就可以如蟬蛻，縱身一躍，
從陽台滑翔到哈特爾海的東南向。

2021.8.1

遊戲別裁・瘋狂的戴夫

此詩別裁於「植物大戰僵屍」，一時遊戲之作。

哦，瘋狂的戴夫。
我親愛的鄰居，
你又窺探起我腦海的鮮？
雨後的私人庭院，
有一股大海的腥鹹。
我在廚房，庖丁
一艘擱淺的小白船。

是羨慕我無憂無慮，
才想給我找點刺激？
籬笆外的僵屍，
春筍一般破土。
它們也跟你一樣，
嗅到我新生活的甜。
哦，瘋狂的戴夫。

我的幸福，
是擁有一座花園。
而你的幸福，
是破壞我的幸福？
你要能放棄那些危險的試探，

我們可以一起 BBQ，
一起喝冰鎮的啤酒。

哦，瘋狂的戴夫。
你還是要發明
一種敵我的緊張關係？
我是你的鄰居，
也是你的地獄？
我的平庸，也是你的痛苦？

所以你希特勒般
向我發動
鋼鐵洪流般的攻勢。
逼迫我反抗，
給植物全副武裝。
哦，瘋狂的戴夫！

午夜，仍有最後一波攻擊的猛烈。
我的豌豆射手疲憊，
向日葵再也不泵出太陽，
一顆心如僵屍啃碎的堅果。

哦，瘋狂的戴夫，
我要摁下關機鍵。

親愛的戴夫：
當你來到我的小屋，
我已乘白船離去。
你想要的菜譜，
在櫥櫃的第三層。
希望它能治好你的妄想病。

我現在屏的那邊，
這更為堅固的籬笆，
連暴走的伽剛特爾也無能為力。
我依舊會平凡地生活，
改種綠蘿和胡蘿蔔……

2021.8 西安

杜詩別裁・登高之後

此詩作於2016年，是別裁的第一首杜詩，後疫情期間再作，真偶然相合，實與老杜緣分匪淺。

1

一個登高的人
眼裡看不到別人
他的隨從隱身
他的包袱化作雲

層巒疊翠得有些發黑
他額頭發汗
不勝簪的頭髮下
有一片發癢的沙地

2

人心是恨不得
掛到雲上的紅燈籠
這是要前往高處
種下幾畝自留地的驚歎號

你看，那綿延不絕的綠色
曾屬於兩個祖國

現在它只屬於你
微喜的內心撬動山的漣漪

3

如何裝飾這雙望眼？
這從形骸投出去的
兩隻彈珠，擊倒了蟾宮
發苦的鴿藤上第一枚骨牌

形容詞如爆炸糖
群魚一樣活蹦亂跳
你捧起了風景中
最沒有風景味兒的兩盞夜光杯

4

飛鳥銜來絕頂的黃昏
去織一個陰陽
歇腳的夢，你收藏眾多
轉瞬即逝的蛛絲的雲

像一個披頭士彈吉他唱歌
他們是一群乖巧的
聚精會神的小男孩
並不懂一首詩的高潮

2016 濱海

杜詩別裁・望嶽別裁

1

□□，是巨石，也是西西弗斯，
向上的路，滿是與荒誕的角力。

於是乎連泰山也為你低到雲裡，
這希臘神話中無法熨平的凸起。

苦其心志勞其筋骨有其增益否？
永恆竟是一種無我的悲哀之境。

2

一個願，在不屈的抵抗裡滾動，
一個願，消耗掉一生的路漫漫。

一個願到絕頂，皇帝會看到嗎？
一個願從廟堂之高許到江湖遠。

餓了就吃大唐夢，渴了就痛飲
長恨的歌，但何日嘗那剎的甜？

3

收納的胸襟在絕對的高度展開，
猶如鵬之背蔭蔽著齊國和魯國。

這比造山運動還要猛烈的心跳，
正啟動新一輪造山運動的馬達。

岱宗夫如何？我杜子美又如何？
它有多麼磅礴，你就有多遼闊。

4

這就是你天天夢見的萬古憂愁？
□□，如西西弗斯，也如巨石。

天與地相對稱，人與飛鳥相還，
長安已是玄宗手中斷線的紙鳶。

你蓄積了足夠一生消耗的勢能，
向下的路，則是對向下的克制。

2021.11 西安

杜詩別裁・登高別裁

1

西西弗斯的巨石，已越推越小，
再登高，將最後一點動能消耗。

皺裂的晚臉上，布滿光的河流，
一生艱苦，原只為磨一粒珍珠。

假如珍珠有底座，便是此峰頂，
你離開它時，已有飛鳥般輕輕。

2

連秋風也把你當一棵樹吹拂了，
千萬顆樹蕭蕭地歡迎你的到來。

投出兩隻望眼，打開一卷奇觀，
江心的小洲，為你擋下東流水。

浪淘著白沙，相映垂耳的亂髮，
兩岸的猿聲，也模仿你的口音。

3

收友人幾回救濟，此地又彼地，
曾經的山嶽如今茫茫的人世間。

到詩裡做客，從一首到另一首，
憂愁往往融化於詩中的韻腳杯。

你也為永恆準備了短短的一生，
等一生劇終了，才獻出那珍珠。

4

因長久地吹帆，肺已不愛漂流，
在長江與沱江，眼淚轉化為糖。

這並不是你第一次感受到絕望，
為什麼不去中流擊水，去死呢？

不盡的江水吞咽了不盡的哭泣，
你離開以後就空餘下白雲悠悠。

2021.11 西安

杜詩別裁・葛洪別裁

疫情居家讀老杜，讀至「未就丹砂愧葛洪」句，憶起中學化學老師袁守懷，別裁杜詩以贈。又千百年來，一個愧字，直通古今。然我於袁公之愧，比之杜甫於葛洪之愧，有過之而不及也。

1

一去三十年，也似杜公舍丹砂。
新夢充棟舊夢空，追憶水年華。

黃家店小學讀罷，語數堪自誇，
寄宿碥頭溪後，青春又添理化。

伊甸失樂緣夏娃，誤把牛頓砸，
從此賽先生，飛入尋常百姓家。

遂令天下父母心，信知文史惡，
不如理工好，理工錢多文史寡。

2

走二十里山路，去取三年知識，
曾把西遊長羡，每集都是奇緣。

卻也如白馬，悔將新鞋泥裡踏，

卻也如八戒，懶坐圓石上興歎。

卻也如行者，恨不能騰雲駕霧，
卻也如沙僧，忍把長路當扁擔。

當義務的鋼印光陰迅速地戳來，
將流水匯聚的手又將流水分開。

3

那時抽屜，還無唐宋詩詞鑒賞，
癡迷於求索，隱身溶液的金屬。

從鹵水點豆腐，到黑心首飾鋪，
從葛洪煉丹爐，到爵士煉金術。

幸遇袁公，把石猴點化成悟空，
他一度從理想剔除了出身的土。

九年制一別後紫陌紅塵朝更暮，
終於也登上了高樓望盡中山路。

4

如今我們相隔於化學鍵的兩側，
我是否依舊？您講台上的楷模。

一位臨退教師，一位業餘詩人，
再相見，是否依然有疑問請教。

黃色樹林裡，到底該選擇哪條，
兩個天賦，執著把一個人分開。

沒有成為一名化學家我也愧疚，
為此我常常在詩裡飛揚又跋扈。

2022.12 西安

北京慢・北海公園

此詩為北京行第一首，此詩一出，餘詩皆襲此式。

天很藍，你是墨水瓶裡，
移動的筆尖，想些什麼，
就看些什麼，照心不宣。

就像這些美在水中加倍，
水有努而不張的碧波嘴，
恰微風正閱北海的方隊。

玉欄又白塔行行復行行，
一雙腳很快走出一顆心，
未想施工圍擋了通幽徑。

意興在折返的途中闌珊，
如脊上白貓，還是灰鳥，
已不辨是突然還是悄然。

北京慢・南鑼鼓巷

離京當日風甚大，欲購一頂遮風帽，乘車至南鑼鼓巷，遍尋未得。遙想一三年曾遊，也是一人，彼時摩肩接踵，對照恍惚，歸西安後，擬姜白石「揚州慢」作此詩。

今昔對照裡，惚遊之慢。
看古樹凋盡，遊人稀疏，
宛如寒枝，怨春意遲遲。

自新冠來後，商業蕭條，
裁員減薪，憶從前生意，
請掃碼已先於歡迎光臨。

正黃金，幾隻老鴰飛過，
更叫寒北京。為賦新詩，
替杜郎重到，如履薄情。

想三八如榆，青錢買綠，
銅愁漸深，摘花已不輕，
鐘鼓樓仍在，晨暮無聲。

北京慢・夜訪魯院

與同縣劉年久，夜訪在魯院學習的左右，因其有聽力障礙，所以交流均依賴於手機。

夜訪現代文學，正漆黑，
需手機照明那壁上名句。
一位舊友帶領我們前行。

你匆匆連聲音也要落後，
於是乎喊你就像喊自己，
沒慢下來反而更快了些。

晚風拂過不規則的湖面，
規則的語言波浪般閃現。
你在北京，過得還好嗎？

當金子一般的方言摻進
空心的普通話裡，故鄉
三十年不敵他鄉這一晚。

北京慢・遊什剎海

與葉颿夫婦夜遊什剎海，風甚大，繞湖半圍，便草草而去，歸西安後作此詩。

禿樹如筆，飽蘸著遙夜，
晚風如寫，一闋相見歡，
這一番滋味是甜還是甜？

小小一汪水也喚作了海，
小小的你我，也是詩人。
夢見李白，已不覺不堪。

依然撫欄，把千萬拍遍，
連海水也模仿風的語言，
共情處，仍作洪波湧起。

期那遊人，作曹孟德觀？
澹澹乎滄海，尚且如此。
你我聳峙，低徊至何時。

北京慢・東四胡同

當時居東四附近，胡同甚多，離京當日，閒蕩其中，欲尋一老北京炸醬麵，未得。

是民的宅，也是樹的宅，
樹把觸手伸出院牆的矮，
更矮的人在陽光下談天。

胡同在牢騷裡變得悠長，
我想去牢騷的盡頭看看，
有無一碗老北京炸醬麵。

從一千扇門前悵望而過，
第一千零一扇會打開嗎，
我的贈詩沒有人想要嗎。

攝像機抬起低頭的蒼冷，
幾隻老鴰丟下幾聲歎息，
生命又白白消耗在這裡。

北京慢・北海鴛鴦

北海公園某水域觀鴛鴦，回西安後作。今人作詩，不似古人即興，常事後追憶而作，猶刻舟求劍也。

赤條條的柳赤條條地垂，
赤條條的風赤條條地吹，
它們可知水中倒影者誰？

一個人停下，但路未停。
彷彿齒輪間嚙合的曲折，
彷彿一柄劍從舟中墜落。

那一刻，便永追不回了。
你是詩人，也是刻舟人，
瀲灩的波臉寫滿了寓言。

歎遊鴛豔逸，浮鴦靜美，
它們身在水中而不知水，
生動的水，永遠生動著……

塔元雜詩·其一

時在疫中，困在小區，欲回老家不能，作塔元雜詩數首。

這衛星圖上，揉皺的紙團，
攤看，似盤古嘴含著長安。

從帝國中心，到西北門戶，
烤肉拉麵把胡琴琵琶偷換。

從東南出發，再前往東南，
崖谷雖無限，坐愛忽已晚。

人造的動脈，泵送你出關，
把嶺南的風景飛馳為長卷。

這盡頭竟也藏有一把匕首，
又一次將性格從秦刺為楚。

塔元雜詩・其二

服務區乃長亭短亭的來世，
機動車加油，遠行人小憩。

這漫漫長途裡寂寥的小站，
頭頂著片更為寂寥的雲天。

漫漫高速彷彿輸液的軟管,
救治著一種名叫鄉愁的病。

當一隻腳鬆開悲歡的離合，
另一隻直把圓缺踩成引擎。

塔元雜詩・其三

越靠近便越發無端地撥動
那流水，似長鏡頭般閃回。

直到一面小鼓從手中滑落，
一生裡頭一份傷心便付與

這流水，浪花應著他的哭，
將扔來的土也當禮物帶走。

他歸去，挨了打又吃了糖，
從此把怨恨都撒給海龍王。

海龍王走進了他的甜夢裡，
把定海的神針化作一支筆。

罰他在河邊畫流水的線條，
等到流水能回頭，便作休。

塔元雜詩・其四

特大橋下，才得以從藍圖
背面仰頭看。凌空的車道，

混凝萬姓的辛苦，汗終於
滴到天上，力終於被賦形。

不再像作物，一歲一枯榮，
使出的力反覆消解於土中。

祖先們，修長城、鑿運河，
子孫們，建大橋、築高樓。

這歷史長河裡同一批沙礫，
從一個遷徙到另一個工地。

當他們於百米高空俯瞰我，
我有幸成為那眼裡的形象。

塔元雜詩・其五

對山浸泡在黃昏的藥酒裡，
平房如沉瓷，等待著打撈。

此時誰往天衾裡塞一場雪？
嬌兒如北風把草樹踏橫斜。

留守的寡民們，悵然稀落，
野豬又復現，疏林與淺壑。

無碑的墳頭，長滿了荒草。
有姓的人家，空虛了堂奧。

塔元雜詩・其六

是誰左右著鄉村的晴雨錶？
把作物如樓市一般煎與炒。

忽然間漫山遍野都是黃薑，
競種的明星作物萬戶空床。

奈何好價不長，不出三年，
連鄰翁也曉得供需的失常。

不再見麻袋們從肩上下山，
也不再見薑販們彼此吹喊。

曾因重卡拓寬的三輪土路，
又被路陰的蒿草逐年逼還。

搭長途去把他鄉蓋成故鄉，
把無窮的力量直接換成錢。

塔元雜詩・其七

昔日健婦人，今日衰老翁，
鋪床連棺槨，來日已無多。

黃昏她拄著柴拐徐緩而來，
好似去墟寒舊宅裡的老太。

而老太如一粒乾癟的種子，
多年前就已隨雪播進後山。

她的白髮彷彿一叢龍鬚草，
她們曾一起將白髮搓成糖。

塔元雜詩・其八

朝流何滔滔，暮流何涓涓。
二十城市化，三十新農村。

溪床因代謝，而越墊越高。
山背因長俯，而蜿蜒低垂。

從披荊斬棘再到退耕還林。
有多久沒再為你翻一次身？

天寶的坡地，近年又綠些，
人造的靚屋，來年又舊些。

中興的茶業，與黃薑同命。
一年騷擾縮短為清明前後。

卻道是：新茶如金貴十日，
晚茶如草又一春。空歎息！

輯六

屏體

擬距離的組織

與蘭童原約於今夜一聚，因事未成。夜歸家中，十點鐘左右，聽得今年第一聲雷，擬下之琳《距離的組織》以贈。

如一只攥滿了香氣的木槌，
敲打在晨鐘暮鼓般的身上。

因為是即興做了一件樂器，
那奏的便不再是個人悲喜。

春夜宛如黑膠唱片般轉動，
聽一滴滴雨從音符中逸出。

不再有因羅馬獨上的高樓，
請伸出雙手接一接十點鐘。

2022.4

遊園

每日往來古城南北，兩點一線彷彿啞鈴，今日正得閒暇，自省體步行至南門裡，一路上古樹青青，如刷新人之眼鼻，後至榴園酒吧街，喝了幾杯酒而去。

在我們生活著的啞鈴之外，
有許多綠從黑眼睛裡伸出。

得益於歲月滬進身體的肥，
它們有序地分列古城道旁。

儼然濃妝夜裡淡抹的婦女，
等待著南瓜車把青春送還。

去赴榴園的約會，去歎息！
不到園中怎知那春色如許。

2022.4

四月

四月十九日夜，於曹僧朋友圈，知上海徐匯漕河涇上漂來具女屍，死因不詳。照片中其雙手伸開，仰面浮於河上，岸邊有三位工作人員，一人徑直向前，一人正使長竿，一人在旁觀望。

四月仍是最殘忍的一個月，
落花伴著浮屍從河面漂過。

死亡又一次匿名來到眼前，
河水棉絮般塞滿她的身子。

太陽是人世間第三隻冷眼？
另外兩隻直直地瞪著青天。

當摩登的上海也恍若荒原，
伸出去的長竿比流水更遠。

2022.4.19

冠狀的春

四月三十日，與友人在咖啡館留言簿上集句。集畢，又相談至六點散去，歸家後兩日作此詩。

不去寫咖啡館裡的留言簿，
等著後來人把你的心事讀。

也別去看大門前的告示欄，
居委會提醒你侵晨做核酸。

你且看冠狀的春也被禁錮，
對著生意慘澹的臨街商鋪。

垂下頭丈量著連陰的長度，
將一瓶沙約等於一個午後。

2022.5.2

雲中飲

時疫割據大陸，交通不便，友人與友人，常常雲中飲。

無線電貫通了世事的茫茫，
信息化又迭代出新的山嶽。

手機將遠行人泊來你眼前，
獨飲者感歎她屏中的油臉。

你醉了！吐泡沫的玻璃杯，
從瓶中解封一個又一個海。

酒有限卻依然高於海平面，
肚有容快去撐一艘萬里船。

2022.5.22-27

幽州台下歌

封控期間，每日喇叭聲裡起床，排長隊去做核酸。一日核酸歸來，擬陳子昂詩意作此詩。

今夕復何夕，排一支長隊，
似拖一根鏈條沒頭也沒尾。

彷彿歷史劇裡走出亡國奴，
很快我們也要走進歷史裡。

在那裡依新排著一支長隊，
戴著腳鐐從幽州台下經過。

我們聽見那人在台上大哭，
想他是因掉隊才倍感痛苦。

2022.6.2

憶遊東海

兩年前，攜妻子遊東極島，第一次出海，印象頗深。端午雨夜，窗前憶及此行，擬葉颿憶遊作此詩。

我從沒有夢見我是個大海，
在夢裡我只是個海的容器。

一雙睡眼瓢取著海的形象，
夢醒來我將大海隨身攜帶。

可我常常夢見乘車去海邊，
把夢裡的海倒向真實的海。

海終有一天會被我填滿嗎？
我也從未夢見我是一隻鳥。

2022.6.3

憶遊湖州

畢業那一年夏日，穎川邀三澍、砂丁與我同遊湖州，相遊相伴數日光景，當時歸去竟無作，八年後作此詩，贈同遊人。

蕩胸的氣好似荷苞般鼓脹，
緊攥著一個年齡裡的彷徨。

曲橋拓印著一行人的命運，
一瓣一瓣開往不同的形象。

當一陣黑髮的雨忽然混進，
荷葉上它們彙聚然後分離。

雨後荷花仍赴碧水裡裁衣，
遊魚依然是要驚戲的紋飾。

2022.6.5

憶遊廈門

一二年秋，與吳鹽、長沙、散隱遊廈門，一時青春快意很是難忘，今作此詩，贈同遊人。

臥鋪卅個小時的漫漫長途，
圖窮到海邊亮出四個青年。

好似異鄉漂流來的玻璃瓶，
頓然情熱脹開瑟縮的木塞。

再一次經歷造物工的吹制，
他鼓起風腮將海灌入胸懷。

從此遠行在隨身攜帶的海，
卻頻頻駛入格子間而擱淺。

2022.6.5

論詩・其一

擬老杜戲為六絕句，開屏體論詩之先聲。

你可曾想過新詩也是古詩？
此刻我閱讀彷彿你已死去。

字形就是口型，我會唇語，
字音就是口音，我會諦聽。

仲夏夜你脫光了伏在案前，
感歎一群豬增高了一座山。

你不辭萬里去到詩裡做客，
我願它不是個短命的朝代。

2022.6.5

論詩・其二

我是不喜在低風險區寫作的，因此常常摳掉生活的絕緣層。

孤獨逼人在避雷針上會晤，
始信那閃電是從掌中擊出。

他是富蘭克林，也是雷公，
並瞧不上湧向廣場的霓虹。

每當他扒掉了生活的絕緣，
去捕捉帶給你驚歎的靜電。

不要縮手啊！要堅毅勇敢！
做一個詩人，蹀躞且蹣跚。

2022.6.7

河堤路上觀落日作

是日飯畢，與友人往河堤路閒遊。殘照下，蘭童吟《樂遊原》前兩句，頗有許多感慨在其中。我拍下一張照片後，朋友圈改了後兩句雲回應，即「但覺無限好，並不恨黃昏」。此後，我們遊渭河，至夜色朦朧方歸。

天邊的雲好似烘烤的酥皮，
落日有一個鹹蛋黃的色相。

沒有長河它也還是那麼圓，
幾根煙囪丟出白色的手絹。

遠方是否有風孩子般奔跑，
是否也想駕駛空空的塔吊？

把一根根長長的俄國方塊，
放進樓與樓之間的縫隙裡。

2022.7

七夕夜作

佩洛西離台後一日，解放軍繞台演習，恰逢七夕，作此詩。

當喜鵲也飛不出冠狀的天，
幾艘母艦戒備在迢迢河漢。

沒有橋但依然見橋的倒影，
每走一步都踩著一顆小星。

聽說你想用眼淚去填海呢？
我則去海峽間填兩隻望眼。

我望見飛來飛去的飛行器，
原是你織布機上的梭子精。

2022.8

喜報

延安一專案落地，公司內網發布喜報，下班途中作此詩。

一頁紙有幸，帶來了喜報，
金色與紅色慰勉你的辛勞。

我恭喜你時你卻輕蔑地笑，
笑我把昨日坐成一遝草稿。

唉！想要擦，卻又撕不掉，
奈何薪水把它們黏得太牢。

有限公司裡我有無限煩惱，
煩惱缺一把漂亮的裁紙刀。

2022.8.25

口琴

今日在交大一附院，遇一老人樓梯道裡吹口琴，隔著一堵薄牆坐下後，聽他吹奏了好一會兒，工作的喪氣得以放空，夜歸家中作此詩。

樓梯道婉轉了悠揚的琴聲，
琴聲也像樓梯一級級向上。

我猜想它有二十四個孔竅，
每個孔竅都通向一座病房。

移動的嘴唇多麼像一雙腳，
那個人也剛剛踱步到這裡。

他聽出紛紛的音符已病癒，
紛紛兮把房門輕推又輕閉。

2022.9

登清涼山

出差延安已有一年光景，常住清涼山前聖鑫酒店，窗外是延河與山，時不時赤立窗前，竟也會相看兩不厭。今日放下工作，終於走上山去。

每向上一點山就會矮一點，
層層階梯原是讓山下山去。

就像常住在觀景房的旅人，
山也在某扇窗戶裡觀賞你。

爬就是為了交換一下位置，
現在你站在山頂望向山下。

小城是孩子們堆起的樂高，
而你是孩子們遺忘的公仔。

2022.9.21延安

握流水

清涼山歸來，過延河，想起卞之琳詩句，夜作此詩，致卞之琳，並致柏樺。

人的腳被一雙椰子鞋握著，
脫了鞋便被一灣流水握著。

水那麼清我的腳也是水腳，
在水裡我替流水走了幾步。

水有歎為何不多下些腳呢？
水有愁你也有古人的哀愁。

我握住了你握流水的手哈！
你握住了我對流水的喜愛。

2022.9.21延安

灞河夜行，贈陳東東

灞河夜景觀甚美，奈何常常於東岸望西岸，在經濟下行的大勢裡，空置的房屋越來越多。

酒後則去灞河與流水散步，
人在路上走如水在水中流。

心有水緒層樓也隨之漲起，
誰使順風手剪滅了西窗燭？

灞柳廉租屋真個好觀河處，
放眼見綠城空置的黑洞洞。

把水裡的燈點進樓裡去吧！
此事還需請教海上陳東東。

2022.10.23

悼一位長者

今日西安初雪，至暮方住，想我與長者初見，正值九九大閱兵，一時震撼也學人敬禮。後偶見長者於書中、牆外，時雖不在治下，仍覺其人魅力多多。於是維基細讀長者生平，瞭解其曾作《能源發展趨勢與主要節能措施》學術報告，此正與我當下工作契合，意外之餘又複悲傷，晚歸家中作此詩以悼。

仍記得遙控器失靈那一刻，
你檢閱著軍隊也檢閱著我。

再次相逢則在升學課本裡，
我們聊起那台王牌電視機。

未曾想三生為八又歸於四，
竟不懂治國需要藝術和詩？

今天你調動一生最後的雪，
但是一字未著真咄咄怪也！

2022.11.30

輯七

即怨

為一位通勤青年而作

一日通勤，和妻子扶梯而上，妻子說，你看這像不像灌香腸。從此後每每此景，我都會想起這個譬喻：那台巨型絞肉機剛剛擠出來的肉粒，一級級被扶梯灌進透明的腸衣。

日程表馴化了你的生物鐘，
一雙睡眼猛地睜出個七點。

小程式爬掉一生的大數據，
二維碼解決三個終極問題。

元宇宙裡享有福報的先民，
每一天都通勤最優的路徑。

可依然有西西弗般的疲憊，
巨石般滾落進透明的腸衣。

2022.4

為一位韭菜青年而作

四月二十五日，滬指失守三千點，兩市下跌四千三百餘隻。我自去年十月入市以來，至今已虧去七成有餘，連一向不問理財的妻子，也稱我為韭菜青年。

今春的雨也不過滬指三千，
你豈能奢望天井裡取一杯。

唯物的雨比潤物的雨更貴，
且看他從春韭的嘴中收回。

真的從來沒有什麼救市主，
但資本確實有神仙和皇帝。

在從來不屬於你的遊戲裡，
敲鐘的錘子比鐮刀更鋒利。

2022.4

為一位負極青年而作

時連日出差，心情鬱悶，正能量匱乏，儼然一負極青年，夜歸途中腹草此詩，歸家後改定。

有時候去做一名負極青年，
把憂鬱的磁感線紮成燈籠。

卻往往是燈籠困住一盞燈，
一盞燈旋擰進青年的懷裡。

技術改掉了他流淚的習慣，
新政不斷拿走他體內的碳。

從一根鎢絲到一粒粒光珠，
也學做愚公把遙夜掏成空。

2022.4

為一位歸零老人而作

今日地鐵途中，旁坐一老人，忽瞥見她手機裡的綠，臨下車時，我又回頭望了望她，她好像不是要去公園跳舞。

白頭髮好似最後的韭菜花，
現在她歪著頭呆望著螢幕。

宛如一支即將退市的股票，
一個去老三板一個去墳墓。

眼睜睜一生在帳戶上歸零，
她徒有煩惱卻再沒有痛苦。

算了人民公園裡跳廣場舞，
得了乘車去航天城信耶穌。

2022.4

為一位躺平青年而作

今日加班回家途中，又想起這粒豌豆，在安徒生童話中，在關漢卿那裡，它始終給人一種「硌」的感覺。如今我三十二歲，在更大的城市西安，這種「硌」感卻一點也無。

廣廈千萬而未來在盲盒裡，
明天打開的依然是今天嗎？

躺平在新一線城市的上空，
四百萬輛汽車豌豆般滾動。

縱是二十層霾和二十層霧，
也不再是新婚前夜的公主。

她夢見博物館變成了穀倉，
她夢見地球不過滄海一粟。

2022.4

為廣場舞大媽而作

廣場舞屢見不鮮，真正從頭到尾去看，卻是從我母親加入後開始。即使在人群裡，她仍有掩蓋不住的羞澀，她就是這樣一位隨孩子進城的普通農婦。她曾有過一段沒有希望的日子，兒時的我一邊在蜂窩煤爐上烙餅，一邊聽她在房內驟雨初歇後的啜泣。然而現在站在一旁看她，彷彿曾經的一切都未發生過，一輩子受了那麼多的苦，到頭來不敵在廣場跳一支舞。

學生們做操，老人們跳舞，
中年們把路走成一根扁擔。

挑呀，挑呀，挑呀，挑呀……
一生還本付息裡白駒過隙。

且停下來看看母親們跳舞，
彷彿她們不曾經歷過痛苦。

跳呀，跳呀，跳呀，跳呀……
她們從夾縫跳進了廣場裡。

2022.5

出上海記

新冠以前，逃離北上廣屢見不鮮，並不以為意。新冠以後，一朝封控，大都市便與哥譚無異。近期上海管控稍鬆，離滬人流之多，使我將兩次「逃離」對照，如何能不興與怨。又念及卡瓦菲斯〈城市〉一詩，想我等逃來逃去，不過一個中國而已。

曾經你背井去了帝都北京，
如今你帶著傷害離開上海。

可無論往哪走無論往哪瞧，
都逃脫不出那混凝的盲盒。

希望正一平方一平方失去，
祖國像一座脫瓷的衛生間。

他們在這裡浪費了你生命，
就已在任何地方沖掉了它。

2022.5

碼上還鄉

近有離滬大學生返蓉，被截停在成都東站，聞知此事即怨之。

動態發布一個局部的消息。
再聞時已沒有初聞的狂喜。

未曾想是新冠割據了大陸，
把返鄉的遊子當禍水拒收。

憂愁一天天刷新親人的臉，
電子設備般在待機中掉電。

當青春作伴在午夜的車站，
可有人放歌在新的隔離點。

2022.5

碼上出站

時隔四十多日，又逢出差，從延安下車，經四道查驗，方才出站。其中畫面，遠行人自知，此不詳述。

這一刻人們都被困在這裡，
把旅途的絲線纏繞成堵點。

彷彿不鏽鋼圍欄裡的羊群，
掃一個碼如同領一只烙印。

失速的旋渦裡無痛的人流，
小小堰塞的湖從閘口洩出。

他們是水，但滴不穿石頭，
他們有淚，但只浸濕枕頭。

2022.5

取現難

新冠以來，多地儲戶取現難，聞之此事即怨之。

錢存銀行裡，可以漲利息，
人活這一世，是否也升值？

與太陽同睡同起的忒賤了，
可是他要咒罵那管人的人！

他鎖住人的血，卻鎖不住
人的淚在臉上河水一般流

一輩子把辛苦換成了紙錢，
生裡苦來的，死也要帶走。

2022.7

為足療女而作

一五還是一六年夏，在江蘇濱海某個已發展為市鎮的小漁村，被包工頭請去平生頭一回足療。一晃近十年光陰，昨日延安飯後，一起搭班的銷售同事，為犒勞連月的辛苦，安排一足療店放鬆。次日夜作此詩以記。

手在你的手中是一件工具，
腳在你的手中則是另一件。

驚訝於你的纖手如此有力，
把板結的肌肉地一樣鋤犁。

彷彿在一雙雙腳上耕耘著，
一雙雙腳麥穗一般的糧食。

服務業彷彿是進城的農業，
憑藉著辛勞聊作微產階級。

2022.9

西北有高樓

今年四月，於小破站看一阿婆主探訪銜灞橋爛尾樓視頻，當時便感觸頗深，憾而未作詩以述。七月以來，又有多地爛尾樓之新聞，作此詩！

隔著眼淚看這裡廣廈千萬，
是誰讓爛尾樓也有了人煙？

沒有水，就提著汗水上樓；
沒有電，就更珍愛這白天。

他們隨地支起了鍋與床鋪，
在毛坯裡做起了精裝的夢。

當本金和壽數般越還越少，
利息是從銀行多借的一生。

2022.7

為貴陽大巴事而作

貴陽一大巴轉運涉疫人員，途中發生側翻事件，四十七人中有二十七人不幸遇難。

深夜它們被城市搬了出去，
沒有行李因它們就是行李。

雖然乘客車但更像搭貨車，
這失事的貨車我們都見過。

從混凝土盲盒到瓦楞紙箱，
四十七個紙箱側翻在路上。

無需是香蕉更無需是可樂，
這不幸的一生我們都見過。

2022.9

擬李金髮棄婦詩

每日核酸檢測結束，工作人員會發一枚卡通貼紙，一般被我貼在手機殼上，作為出入小區、公司之憑證。

在核酸貼貼滿我手機之前，
恨未隔絕一切病毒之感染。

恨人言之幽幽人口之堰塞，
恨口罩與落葉徐來且聯步。

徜徉於我電子鐐銬之雙腳，
這自由竟也羨煞衰草無數。

靠一匹碼兒往返於人生路，
我以我的哀戚裝飾新征途。

2022.10

為蘭州三歲孩童而作

蘭州三歲兒童一氧化碳中毒，因小區處於高風險區，送醫途中被防控卡點攔截，延誤救治時機而不幸死亡。

當霓虹燈擦亮巨龍的雙眼，
龍的傳人死於東方的夜晚。

再一次黃河是母親的眼淚，
淚水悲鳴卷走她蠟黃的臉。

人在人中一人一人地流失，
心在心裡一心一心地灰燼。

直到愛恨進一座座熱搜裡，
緊攥三年的拳頭終於空心。

2022.11

即怨・其一

新冠三年，不幸之多、無能之多，無可奈何也。

有人受夠了有人還在忍耐，
有人無所謂卻非無所畏懼。

班要上家要回爺娘和妻子，
生生活著把新聞看成舊聞。

飯菜可口於倫理的添加劑，
罐頭新鮮於篡改的保質期。

幾乎沒有理想無災又無病，
理想有風險追求都很謹慎。

2022.10

即怨・其二

因河南富士康事作此詩，致子美，並贈兩位河南詩人飛廉與蘭童。

子美兄：青春作伴好還鄉，
沉默地行走在中原大地上。

基礎設施再好但仍需徒步，
雙腿重新丈量古老的長途。

我寫流民的俊友家在周口，
我捕風的俊友遙望於杭州。

杜詩我們都愛但愛得悲哀，
這悲哀在悲哀中排起隊來。

2022.10

即怨・其三

三年裡常常被關在屋子裡，連聲音也被關在舌頭裡，所以即怨之。

被關進七十年產權的盒子，
時間到了再被關進另一只。

你所擁有的空間越來越小，
小到連你也成為一個空間。

手無法再伸出手就像舌頭，
舌頭被隔離在每一張嘴中。

自由成為了自由的抵押物，
我連我的夢裡都感到拘束。

2022.11

即怨·其四

昨日西安多區靜默管理三天，今晨喇叭聲裡攜妻早起做核酸，於一長隊中久久不得前，後告知系統崩壞，便與前人作鳥獸散。

彷彿從役夢裡醒來的勞魂，
清晨人們排起一字長舌陣。

二千戶人家輸給十個大白，
這是我日日都經受的慘敗。

恨時無英雄更恨我的無能，
但恨得越多就恨得越懦弱。

我早已經在心裡百戰死了，
我不過裹著人皮來到人間。

2022.11

附

後記

《冠狀的春》是我第一部正式出版的詩集，選自 2011 年至 2022 年所作的一百四十餘首詩，本著青春之紀念、寫作之總結，以時間先後、風格演變分為七輯，依次是「蝴蝶」、「迷夢」、「詠懷」、「變奏」、「別裁」、「屏體」、「即怨」。因我向來只顧寫詩和改詩，對發表與出版並不曾付過兩分熱心，又常常感歎「寫詩如逐流水，改詩如登高山」，才致使這本紀念性質的詩集沉吟至今。

可對任何一位謹慎的作者來說，一時將十數年的寫作修訂、結集，都並非件容易的事，尤其我這般拖延癌晚期的苦吟派。現在這本詩集終於改定，好比一項工程到了驗收階段，作為讀者的我以及我可能的讀者，一定要苛刻地檢查每一個字、每一個音節呢，我是願為此負責終身質保的。而之所以名之《冠狀的春》，想必不用另作解釋了罷，自「別裁」以後諸詩，全都成於此間。新冠之於我已不僅僅是新冠，更是一場思想啟蒙運動，絲毫不亞於安史之亂之於杜甫。故此後，我更視老杜為漢語的黃金，並立志做一名 MDGA。這裡也不妨告訴寶島的青年，我常常在杜詩裡尋找新詩的經驗，杜甫也是最偉大的新詩人呢，這可不是什麼故作驚人語。

如今距離冠狀的春結束，已有一年多光陰，我的第一個孩子舒寶，也要與此集同年誕生，就像我曾將第一本詩歌手冊《羅漢操》題贈給我最親愛的舒思一樣，如今我又要將這本詩集題贈給我最親愛的舒思和舒寶，我想等我們的舒寶能夠牙牙學語時，我便要鄭重其事地告訴他／她，這可是你一父兩胞的詩的兄弟，畢竟爸爸受杜老爺爺的啟發，也想要你來繼承我的屏體詩呢。

此外對本書的編輯彥儒先生以及本叢書的兩位主編先生，我是要表示抱歉與感謝的，抱歉我的怠慢與拖延，感謝三位的擔待與付出。

對為本詩集提供封面設計的李揚先生，我是要表示抱歉與感謝的，因為他的加入，使這本詩集成為我們共同的作品，但還是因為我的拖延，讓這份作品遲遲不得見面。

對我親愛的妻子，我更是要表示抱歉與感謝的，抱歉我因為詩常常忽略了她，感謝她給予我詩的理解與愛護，我甚至要拿她和杜甫的妻子相當呢！

對我的新詩啟蒙老師黃梵，我曾有篇〈我的新詩師〉專寫他，我且將這篇文章也放在這本詩集裡，感謝他百忙間推掉許多寫序的請求，主動關懷起這本詩集的進度。於我而言，本詩集要麼不序；要序的話，那麼由黃老師來寫，則是最適合的。

至此私情已述，以下就本集各輯作簡要說明。

輯一　蝴蝶

此輯作於 2013 年的南京，在我即將畢業的春夏之交，那時和女友同居甜蜜未久，錐心的痛事便很快來到，此後我基本剎住了新詩寫作。

儘管寫作三行以內的短詩，被今我視為詩的墮落，卻只因當時這些詩寫得趣味，也特別顯出我性格，就從三十來首裡選其十九。這十九首裡，大抵是對舊時生活的回憶，只「有趣的是」、「西瓜上市」、「人籟」、「布簾」、「秋夜」寫當時，這是需要注意的地方。

輯二　述夢

我作詩自高中起，然正式入門，算到南京之日，如今回視之，則有述夢之感，故輯二以此名之。此輯至「春去了」，後亦思舊事。「憶山蟹」一詩，可謂我新詩以來，第一首滿意作，今之視昔亦尚可。這個階段，也是我與小七、小牛、臨安創立進退詩社時，那真是一段難忘的時光。

輯三　詠懷

二〇一二年秋日，我於校舍赤膊讀水部，有風自鐘山來，忽然而起詠懷詩，自此一發不可止，洋洋灑灑三十多首，一時號為「詠懷詩人」。此輯亦取其十九，餘皆棄之。詠懷詩乃我青春得意之作，「我要去喝酒啦」一篇，在同代人中傳誦有時，至「就在昨夜」一篇，用情至深，不能再作。二〇二〇年秋日，因公至南京，又復作三五首，但已無曾經滋味。

輯四　變奏

畢業後七八年光景，一是為現實所累意圖謀個安穩，二也為捨新詩不能奢求一新聲，故工作調整之餘，心弦變奏隨之，今選其二十餘首，只為顯詠懷之後、屏體之前，我詩之變化。然變奏實難，此中詩近百，多不成誦，所幸輕舟已過，至今一往無前。

輯五　別裁

何為別裁？即換言之，無論古詩、小說、電影、遊戲等，皆可據本生發私情，敷衍為新體。前後有遊戲別裁、小說別裁、影視別裁、杜詩別裁等，乃向屏體詩過渡之寫作，本集僅存遊戲別裁二首、杜詩別裁四首，以作紀念。

此輯中「北京慢」為二一年冬北京行所作，前後共八首，各篇均有小題，本集收錄改定後六首。此體，即某地慢體，又有「南京慢」、「蘭州慢」等詩，皆記差旅之作。

此輯中「塔元雜詩」與「杜詩別裁」同時作，其形製相仿，亦為屏體詩之先聲。塔元，即陝西省山陽縣法官鄉塔元溝，是生我養我之地。二一年冬西安封控，聞人不顧風雪，翻山越嶺回家，頗生我思鄉之情，故作塔元雜詩若干，以記夢中歸鄉及鄉里事。

輯六　屏體

今年是作屏體詩第三年，已得百四十首，更不復作長短句。作為一位詩的原教旨主義者，我所作屏體詩與古體詩、近體詩一脈相連，意與當下新詩分庭抗禮，理想不可謂不遠大。古、近、屏，都可來表時間，屏又兼新媒介之意，故以此名之。屏體詩又有廣義、狹義之分，廣義屏體詩當泛指一切誕生、閱讀於屏端之詩，而狹義屏體詩正是我要寫作的屏體詩。

屏體詩，又曾名屏律，以其八句似律詩而名。然屏律實為屏體詩之子集，又有屏絕（即四行似絕句者）、長屏（即超過八行者，暫名長屏）等體。目前，我所作詩通稱屏體詩，未特言某是屏律、某是屏絕，蓋因律、絕因襲律詩、絕句之義，而屏體詩於此尚未完善，故未嘗以律、絕稱之。

屏體詩，亦是新詩（此新乃日日新、使之新之意）之一種，詩之形聲結合依然是值得的方向，卻是「古調雖自愛，今人不多彈」，我願隔代呼應而嘗試之。這長路無疑是漫漫的，但長期主義就是詩的槓桿，我不介意讓巨人站在我的肩上。

輯七　即怨

我所作即怨詩，亦屬屏體詩，此特選十九首，以彰即怨之意。孔子言詩，興觀群怨，怨在最後，於溫柔敦厚之詩教，可知怨實乃不得已，且不可無之詩。老杜之即事名篇，大抵與即怨無異，所謂事迫則即、願違而怨。即怨，即怨；在即，在怨；無怨不成詩，不即來不及。然即怨之作，並非限於屏體，今人多有所作，只不名即怨而已。我今發明即怨一詞，則又為新詩獻一新義。

2024年3月25日　西安

我的新詩師

〇九年我去南京一所理工科學校念書，沒多久我瞭解到竟還有文藝選修課這樣的事，就抱著中學時代熾熱至今的愛好，選修了一門關於西方藝術的課程。說來這是巧合，卻更是緣分，在這門一週一節，並總是在晚上展開的課上，我從山城的唐詩宋詞鑒賞辭典第一次走進西方藝術史。我是在這門選修課的中期，才知道他（黃梵老師）是一位詩人的。那時我苦於沒有詩的夥伴，常常在宿舍樓外一個網吧，與素不謀面的青年們聊著。終於一次課後，我鼓足了勇氣，拿著幾頁新列印的詩稿，等簇擁的學生都稀疏了以後，才遞過去並緊張地說道，「老師，我也寫詩，這是我的一些作品，請您指導」。

又一週課後的九點鐘，我踏上了那條日後頻繁與他送往的「詩之路」，即從四工教學樓經圖書館到校訓碑，沿著和平園前的梧桐道直抵二號門，門外不遠就是名為「孝陵衛」的地鐵站。這段大約 20 分鐘的路程，一步步深化著我們的師生情誼。在逸夫樓暗香浮動的晚春，他說他認真讀過我的詩，並認為很有潛力，但要從事詩歌寫作，筆名還得好好考慮，這對一位詩人來說很重要，還講起他從「黃帆」改為「黃梵」的故事。

再一週在走得更遠的一個地點，即藝文館前那片著名的水杉林前，他對我取的兩個筆名都不滿意，並建議我可以叫「炎石」，「炎」是你名，而「石」符合你的性格，「炎石」就很不錯。如今看來，確實很不錯，如同被施了魔法，這筆名統攝住了我。二〇年初，我又著意重啟寫作，擬換個新名與過去告別，但試用了一陣還是作罷。

與黃老師結緣後，我又持續選了他多門課程，直到無法再選。現在回顧過去十數年的寫作，我現在寫詩之所以如是，與黃老師的關係很大。他有一首〈中年〉我印象深刻，我幾乎是讀著〈中年〉來到中年的，正是這一首詩的詩法影響了我，我始知詩可以這樣作而非那樣。後來我陸續受到柏樺、飛廉，以及個人新詩溯源工作啟動後，直接受卞之琳與杜甫的影響，但我的詩仍隱含著黃詩味道的。我一直想談談他的詩（我已寫得越來越有資格去談），但因他是我的新詩師，我總在等一個合適的時刻。我會為他的詩被低估而感到不平，但他耐受得住並不此為意，同時又小說又教詩歌課的，使得我的詩弟詩妹也滿天下了。

一四年畢業後，因為要穩定工作與生活，我基本剎住了新詩的寫作。一七年從南京灰溜溜地離開，也未第一時間告訴他。在我不再陪伴他「詩之路」後的很多年，我們之間僅有的幾次聯繫，一次在我去安康的綠皮火車上，他問我近來寫作如何，那時我寫得很少羞慚無言；還有一次就是「屏體詩」寫成後，我再次像學生時代那般，每有新作就發送給他指導，這一次他高興甚至有些激動，給了我很大的鼓舞。

分開後十年裡，僅有的一次見面，還是在去年我到南京開會，再次去他已位於江寧的新家，那也是我第一次見到師母，我跟往常一樣話說得很少。正午時分頂著南京的暑日，我陪他再次走了段短短的「詩之路」，在碰到返程來接的師母後，一腳油門我們就到了那張鋪滿美食的餐桌上。後來，我每月都會去南京開會，但已沒有去拜訪他的念頭，那個訥於言的青年如今已是訥於言的中年，但是一想到那些可以在詩裡夷平的高樓，就想著我們師生相見在詩裡，會更從容、更親切一些。

黃老師曾在《南方週末》開設過專欄，寫過一篇〈校園詩人〉的文章，裡面有這樣一句話，「雖然炎石認為他寫詩考慮東方，始於我的《東方集》，但我覺得他會比我走得更遠、更扎實，因為他比我更死心眼。死心眼甚至影響了他對前途的抉擇。」我的寫作和黃老師的淵源，如果我不提這段經歷，很多人是並看不出來的，但飲水思源我還是要提的，這淵源不止是詩本身的，更是我們對於詩這件事所持有的態度上的。

2023 年 6 月 20 日

語言文學類　PG2910　陸詩叢10

冠狀的春：
炎石詩選 2011-2022

作　　者／炎　石
主　　編／楊小濱、茱萸
責任編輯／陳彥儒
圖文排版／黃莉珊
封面設計／李　揚
封面完稿／嚴若綾

發 行 人／宋政坤
法律顧問／毛國樑　律師
出版發行／秀威資訊科技股份有限公司
114台北市內湖區瑞光路76巷65號1樓
電話：+886-2-2796-3638　傳真：+886-2-2796-1377
http://www.showwe.com.tw
劃撥帳號／19563868　戶名：秀威資訊科技股份有限公司
讀者服務信箱：service@showwe.com.tw
展售門市／國家書店（松江門市）
104台北市中山區松江路209號1樓
電話：+886-2-2518-0207　傳真：+886-2-2518-0778
網路訂購／秀威網路書店：https://store.showwe.tw
國家網路書店：https://www.govbooks.com.tw

2024年10月　BOD一版
定價：260元

讀者回函卡

國家圖書館出版品預行編目

冠狀的春：炎石詩選2011-2022 / 炎石著. -- 一版. -- 臺北市：秀威資訊科技股份有限公司, 2024.10

面；　公分. -- (語言文學類；PG2910) (陸詩叢；10)

BOD版

ISBN 978-626-7511-14-5(平裝)

851.487　　113013239